봄개울은 봄햇살 아래 책 읽는 소리가 졸졸졸 흐르는 세상을 꿈꿉니다.

특별한 학교의
최우수 선생님

초판 1쇄 2024년 12월 1일 | 글 윤미경 | 그림 윤유리 | 이야기 최고봉
펴낸이 박우일 | 만든이 김난지 | 꾸민이 디자인 나비 | 제작 (주)웅진, 신홍섭
펴낸곳 봄개울 | 등록번호 390-96-00662 | 주소 강원도 춘천시 남면 충효로 750-12
전화 033-263-2952 | 팩스 0303-3130-2952
이메일 bomgaeulbook@naver.com
블로그 blog.naver.com/bomgaeulbook

ISBN 979-11-90689-90-8 (73810)

제조국 대한민국 사용연령 8세 이상
주의사항 종이에 베이거나 긁히지 않도록 조심하세요.
        책 모서리가 날카로우니 던지거나 떨어뜨리지 마세요.
KC마크는 이 제품이 공통안전기준에 적합하였음을 의미합니다.

특별한 학교의

최우수
선생님

양경화 글 | 이현정 그림

봄개울

책 읽기 전에

1950년 6월 25일, 북한과 남한 사이에 6·25 전쟁이 일어났어요. 전쟁은 3년 넘게 계속되었고, 많은 사람들이 다치거나 목숨을 잃었어요. 그러던 1953년 7월 27일, 한반도 가운데를 가로지르는 선을 경계선으로 삼아 휴전이 이루어졌어요. 전쟁을 끝내는 종전이 아니라 잠시 쉬는 '휴전'으로, 그 상황은 지금까지 유지되고 있지요.

휴전선을 기준으로 남과 북으로 2킬로미터 지역은 군사 시설이나 무기를 배치하지 않고 사람도 살지 않는 '비무장 지대'예요. 남과 북이 무력으로 충돌하는 걸 방지하자는 뜻으로, 비워 두기로 약속한 공간이지요. 이 비무장 지대로부터 남쪽으로 5~20킬로미터 지역엔 '민간인 출입 통제선(민통선)'이 있어요. 민통선 북쪽 지역은 일반 사람들이 함부로 출입할 수 없고, 자유롭게 머물 수도 없어요. 특별히 허가를 얻은 사람만이 이 지역에 살 수 있답니다.

이번 이야기는 민통선 북쪽 지역 중 강원도 철원 마현 마을의 '마현 초등학교' 이야기예요. 지금은 문을 닫았지만, 2000년대 초 건강하게 생활하던 아이들의 실제 모습을 바탕으로 창작되었습니다.

휴전선

강원도 철원
마현 마을

민간인 출입 통제선

ㅊㅏ례

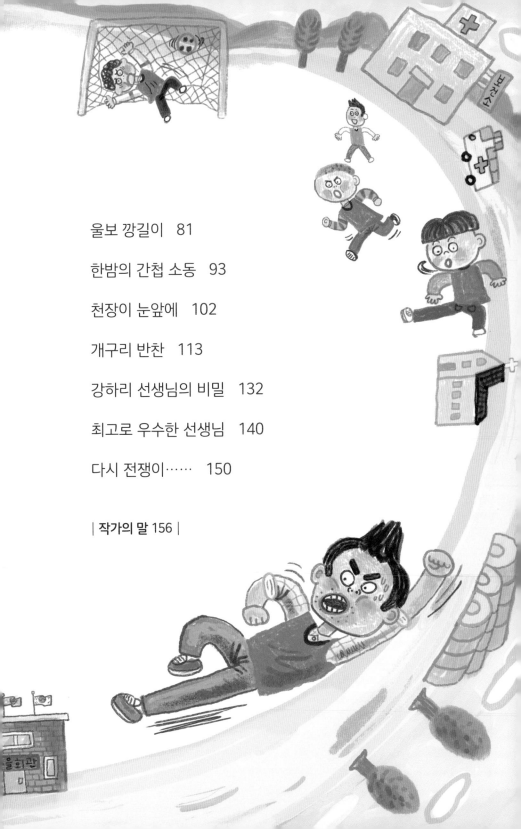

아무나 갈 수 없는 학교

비가 부슬부슬 내렸다 말았다 하는 날이었어요.

"도깨비가 요술을 부리나? 비도 참 변덕맞게 내리네."

얼마 전 교육 대학교를 졸업한 최우수 씨가 창밖을 내다보며 아쉬운 표정을 지었어요. 같이 졸업한 친구들은 이미 초등학교 선생님으로 발령을 받았는데, 어찌 된 일인지 최우수 씨에게는 교육청에서 아무런 연락이 오지 않았어요. 발령을 기다리며 새 양복도 맞춰 두었는데 말이에요.

　초조한 마음에 오늘은 집 근처 초등학교 운동장이라
도 걸어 볼 참이었어요. 그런데 비가 오락가락해서 도
무지 나갈 틈을 주지 않는 거예요.

　따르릉따르릉!

　그때 며칠 동안 꼼짝 않던 전화기가 울렸어요.

　"여보세요! 최고로 우수한 선생님이 되고 싶은 최우
수입니다."

　"제대로 전화를 걸었군요. 강원도 교육청입니다."

최우수 씨의 가슴이 두근
두근 뛰기 시작했어요.

"최우수 선생님, 아무나 갈
수 없는 특별한 학교에서 근
무해 보시겠습니까?"

'선생님'이라는 호칭에 최우수
씨의 심장이 쿵쿵거렸어요.

"제, 제가 그런 곳에 가도 될까요?"

11

"그럼요! 최우수 선생님처럼 준비된 분만 갈 수 있는 학교랍니다."

하마터면 최우수 씨는 '저보다 더 준비된 선생님은 없을 거예요!'라고 외칠 뻔했어요. 아무나 갈 수 없는 특별한 학교에 선생님으로 가다니. 최우수 씨는 자랑스러움으로 어깨가 다 뻐근해질 지경이었어요. 그래서 전화기 너머에서 나지막하게 들려온 마지막 말을 그만 흘려듣고 말았어요.

"최우수 선생님, 다만…… 조금, 아주 조금 먼 학교랍니다."

최우수 선생님이 가게 될 학교 이름은 '마현초등학교'였어요.

"이름도 참 마음에 드는걸. 어디 있는 학교일까?"

최우수 선생님은 인터넷에 접속해 학교 위치를 찾아보았어요. 그러다 고개를 갸우뚱갸우뚱, 마우스만 이리저리 클릭했어요. 인터넷 지도 어디에도 마현초등학교로 가는 길이 나오지 않았거든요. 학교 가는 길이 중간에서 뚝, 감쪽같이 사라져 버리지 뭐예요.

"아무나 갈 수 없는 학교라더니 정말 도깨비 학교라도 되는 건가?"

최우수 선생님은 결국 인터넷으로 길 찾는 걸 포기하고 학교로 전화를 걸었어요. 한참 동안 신호가 갔지만 아무도 전화를 받지 않았어요. 최우수 선생님은 좀 불안해지기 시작했어요.

'장난 전화였나? 혹시 발령이 취소된 거 아냐?'

별의별 생각이 꼬리에 꼬리를 물고 떠오르는데, 드디어 전화기 너머에서 아주 낮고 굵은 남자 목소리가 들려왔어요.

"여보시오!"

상냥한 목소리를 기대했던 최우수 선생님은 순간 주눅이 들었어요.

"안녕하세요! 저는 새로 부임할 최우⋯⋯."

"오후 네 시까지 철원의 와수리 우체국 앞으로 와서

파란 트럭을 찾으시오."

최우수 선생님의 말이 채 끝나기도 전에 전화기 속
목소리가 말했어요.

"오, 오늘요? 부임 날짜는 이틀 후……."

"해 떨어지면 못 들어오니 시간 엄수! 신분증 꼭 챙
겨 오시고."

그러더니 전화가 뚝 끊겨 버렸어요. 최우수 선생님
은 도깨비에 홀린 듯 꼼짝 않고 전화기를 붙들고 있다
가 퍼뜩 정신을 차렸어요.

"어이쿠, 서둘러야겠는걸!"

시계를 보니 오전 열 시였어요. 최우수 선생님은 먼
저 가방을 쌌어요. 그리고 새로 산 양복을 차려입다가
아직 넥타이도 맬 줄 모른다는 사실을 깨달았지요.

최우수 선생님은 어머니에게 달려갔어요.

"어머니, 넥타이 좀 매 주세요. 제가 금방 마현초등학
교로 발령을 받았어요."

최우수 선생님이 어깨를 쫙 펴며 말했어요.

"그게 어디에 있는 학교더냐?"

"저도 몰라요."

"무슨 소리냐? 어디 있는지도 모르는 학교에 발령을 받았다는 거야? 선생님이 됐는데도 이렇게 허술하면 어떡하니?"

"걱정 마세요. 오늘 가서 어디에 있는 학교인지 꼭 알아 올게요."

최우수 선생님은 걱정스러운 표정의 어머니를 뒤로

하고 집을 나섰어요. 어느새 비가 그치고 맑은 얼굴을
한 하늘이 최우수 선생님을 배웅해 주었어요.

 최우수 선생님이 버스에서 내리자 와수리 우체국 앞
에 낡은 트럭이 한 대 서 있었어요. 뿌연 흙먼지가 잔
뜩 덮여 있어서 파란색인지 아닌지 헷갈렸어요.
 "휴우, 늦지는 않았군."
 최우수 선생님은 넥타이를 고쳐 매고 흙투성이 파란
트럭 앞으로 달려갔어요. 그리고 특별한 첫인상을 주
기 위해 멋진 미소를 짓고 기역자로 허리를 접으며 인
사했어요.
 "안녕하십니까?"
 트럭 창문이 스르르 내려왔어요.
 "타시오!"
 트럭 안에는 콧수염이 덥수룩한 어르신이 앉아 있었
어요. 전화기로 들었던 바로 그 목소리였죠. 밀짚모자
를 쓰고, 옷 여기저기에 흙이 묻어 있었어요.

"반갑습니다! 주무관님이신가요? 직접 마중까지 나와 주셔서 감사합니다!"

최우수 선생님은 애써 웃으며 트럭에 올라탔어요.

"나 무뚝뚝이라고 하오."

어르신은 무뚝뚝하게 대답하고는 이내 시선을 앞으로 돌렸어요.

'무뚝뚝? 주무관님 별명인가? 진짜 딱 어울리는 별명인걸.'

최우수 선생님이 생각하는데, 트럭이 털털털털 달리기 시작했어요. 어째서 아무나 갈 수 없는 학교인지는 모르겠지만, 최우수 선생님의 마음도 트럭과 함께 뜨겁게 달리기 시작했답니다.

암호명, 주민!

흙투성이 트럭은 울퉁불퉁 자갈길을 쉴 새 없이 내달렸어요. 최우수 선생님은 약간 겁이 났어요. 한참이나 달렸는데도 마을이나 학교가 보이지 않았거든요. 도무지 토끼 같은 아이들이 가방 메고 뛰어다닐 것 같지 않은 풍경이 이어졌죠.

최우수 선생님은 운전하는 무뚝뚝 씨를 힐끗 바라보았어요. 운전대를 잡은 손에 힘줄이 밧줄처럼 뽈록 튀어나와 차마 얼마나 더 가야 하는지 물어보기가 겁났어요.

갑자기 눈앞에 검문소가 나타났어요. 총을 든 군인이 트럭으로 다가왔어요. 최우수 선생님은 자기도 모르게 허리를 꼿꼿이 세우고 똑바로 앉았어요.

무뚝뚝 씨가 무표정하게 창문을 내렸어요.

"주민!"

그러고는 파란색 카드를 군인에게 내밀었죠. 군인이 두말 않고 경례를 했어요. 그리고 나서 무뚝뚝 씨가 최우수 선생님에게 말했어요.

"신분증 주시오."

최우수 선생님은 얼른 신분증을 꺼내 군인에게 건넸어요. 군인은 신분증을 들고 검문소로 들어갔어요.

"왜 검문소가 있는 겁니까?"

"휴전선 아래 민간인 통제 구역에 있는 마을이라서 아무나 출입할 수 없다오."

"마을에 들어가면서 검문을 받다니 정말 특별한 마을이네요."

"그렇소. 전쟁이 남긴 아픈 상처가 그대로 살아 있는 특별한 마을이라오. 전쟁은 끝난 게 아니오. 휴전선이지 않소? 마침표가 아닌 쉼표."

한참 만에 신분증을 돌려받고, 트럭은 다시 달리기 시작했어요. 마침내 최우수 선생님이 강원도 철원 민통선 지역에 있는 '마현 마을'에 들어선 거예요. 그때부터 탁 트인 평야 같은 길이 이어지고, 군부대를 알리는 안내판이 보였어요.

"우아!"

커다란 장갑차 세 대가 나란히 달리는 것을 보니, 이곳이 휴전선이랑 가까운 곳이라는 게 실감났어요.

"저 산이 대성산이오."

무뚝뚝 씨가 차창으로 보이는 산을 가리켰어요.

"아, 네에?"

뉴스에서 자주 들었던 대성산. 우리나라에서 가장 먼저 겨울 소식을 알리고 가장 늦게 봄이 찾아드는 곳. 겨울철 최저 기온이 영하 몇십 도까지 내려간다는 전

설적인 산이었죠. 그리고 6·25 전쟁 때 우리 군과 북한 군 사이에 치열한 전투가 있었던 곳이기도 하고요.

"날씨가 좋은 날엔 인근 전망대에서 북한 군인들 모습이 맨눈으로 보일 때도 있다오."

무뚝뚝 씨가 덧붙였어요.

비닐하우스가 빽빽하게 들어찬 평야를 지나 낮은 지붕들이 올망졸망 모여 있는 길로 들어섰어요. 아담한 보건소와 키 낮은 성당, 작은 가게들과 집들을 지나 드디어 파란 트럭이 멈춰 섰어요. 낮은 담장의 벽돌 기둥에 너무나 반가운 이름이 보였어요.

마현초등학교

'진짜 선생님이 됐구나!'

학교 문패를 보며 최우수 선생님은 감격에 젖었어요.

"혹시 교장 선생님 계실까요? 부임 인사를 드리고 싶은데."

최우수 선생님이 무뚝뚝 씨에게 물었어요.

"나요."

"네?"

"내가 나무득 교장이니 이미 인사는 받았소. 다른 선생님들은 모두 퇴근했습니다."

그러니까 아까 차에 탔을 때 '나 무뚝뚝이라고 하오.'가 아니라 '나무득이라고 하오.'라고 말한 거였어요. 게다가 주무관님이 아니라 교장 선생님이라니. 최우수 선생님은 깜짝 놀라 뒤로 넘어갈 뻔했어요.

나무득 교장 선생님은 싸리비를 들고 운동장을 쓸기 시작했어요.

"어서 오세요. 새로 오신 선생님이시군요? 기다리고 있었습니다."

머리가 희끗하고 점잖게 생긴 남자 분이 다가와 인사를 했어요. 허리가 많이 불편한지 구부정했어요.

"아, 교감 선생님이세요? 아직 퇴근을 안 하셨네요?"

최우수 선생님도 정중하게 인사를 했어요.

"아니요, 저희 학교는 교감 선생님이 안 계십니다. 저는 주무관입니다. 제가 허리가 안 좋아서 죄송하게도 교장 선생님께서 고생하신답니다."

최우수 선생님은 그저 하하, 멋쩍게 웃을 수밖에 없었답니다.

지뢰밭 마을

나무득 교장 선생님은 운동장을 다 쓸고 난 뒤에 최우수 선생님을 관사로 안내했어요.

"여긴 농사에 방해된다고 해서 가로등이 없답니다. 그래서 밤이면 저기 대성산에서 멧돼지나 고라니, 삵, 뱀 같은 동물들이 내려와 운동장을 놀이터처럼 뛰어다닌다오. 그러니 밤엔 꼭 손전등을 들고 다니시오."

교장 선생님이 최우수 선생님에게 손전등을 건넸어요. 관사로 향하는 최우수 선생님의 다리가 왠지 모르게 후들거렸어요.

"참! 최 선생, 지뢰도 조심하시오."

그 말을 듣자마자 최우수 선생님의 발이 땅에 착 달라붙어 떨어지지 않았어요. 하지만 나무득 교장 선생님은 마치 컴퓨터 지뢰 찾기 게임 방법을 설명하는 사람처럼 무덤덤한 말투로 계속 말했어요.

"이 지역은 예전에 지뢰밭이었다오. 아직 남아 있는 지뢰를 밟기라도 하는 날엔 크게 다치는 수도 있답니다."

최우수 선생님 얼굴이 하얗게 변해 가는 것도 모르고요. 나무득 교장 선생님은 한 마디 더 덧붙였어요.

"밤마다 간첩들이 나다닌다는 소문은 한 귀로 듣고 한 귀로 흘리시오."

빠 빠빠 빠빠빠빠 빰!

다음 날 요란한 나팔 소리에 최우수 선생님은 번쩍 눈을 떴어요. 시계가 새벽 여섯 시를 가리키고 있었어요.

"이 새벽에 웬 나팔 소리지?"

창문을 열고 밖을 내다본 최우수 선생님은 그 소리가 학교 근처 군부대에서 나는 기상나팔 소리란 걸 알았어요.

"후우! 역시 민통선 마을은 아침부터 다르구나."

으스스한 공기도 도시의 아침 공기와는 완전히 달랐

어요.

"동네 한 바퀴 돌며 구경하고 여덟 시까지 출근하면 됩니다."

갑자기 창문 앞에 나무득 교장 선생님이 쓱 나타나 말을 건넸어요.

"교장 선생님, 벌써 출근하셨어요? 근데 저…… 출근은 며칠 후부터 아닌가요?"

최우수 선생님은 난처한 표정을 지으며 머리를 긁적였어요.

"전에 있던 선생님이 갑자기 그만두고 한 달이 다 되어 간답니다."

교장 선생님은 그 말만 남기고 다시 도깨비처럼 사라져 버렸어요.

"그래, 아이들을 며칠이라도 더 빨리 만나는 건 행운이지, 뭐. 암, 그렇고말고."

최우수 선생님은 말끔하게 세수하고 옷을 차려입은 후 교문을 나섰어요. 이제 이곳의 주민이 되었다고 생각하니 발걸음이 절로 빨라졌어요.

교문 밖으로 나오자 어제 차로 지나왔던 길이 새벽
빛을 받아 환하게 펼쳐졌어요.

작은 기와집들을 몇 채 지나자 마현 상회가 눈에 띄
었어요. 조금 있으면 토끼 같은 아이들이 이곳에서 연
필이나 지우개를 사서 학교로 뛰어오겠지요. 최우수

선생님이 흐뭇한 미소를 지으며 마을 회관 앞을 지날 때였어요.

"새로 오신 선생님이지예?"

나이 지긋한 어르신이 다가와 아는 척을 했어요. 최우수 선생님도 얼른 허리를 굽혀 인사를 했어요.

"네, 안녕하십니까? 최우수라고 합니다."

"이름이 참말로 멋지네예. 나는 마현 마을 이장이라예. 일로 오세예."

이장님은 최우수 선생님을 기다리기라도 한 듯 이야기를 쏟아 내기 시작했어요.

"마, 이 마을은 1959년에 불어닥친 태풍 '사라' 때문에 집을 잃은 경상도 울진 사람들이 이듬해 군용 트럭을 타고 이주해 오면서 생겼어예. 휴전선과 가까운 민통선 지역이라 개발조차 어려운 데라예. 아무것도 없이 들어와 천막 치고 황무지를 개간해서 겨우겨우 마을을 일군 거라예."

울진에서 이주했다더니, 이장님의 말투엔 경상도 사투리가 남아 있었어요.

"정말 고생이 많으셨겠어요?"

"아이고, 말로 다 못 하지예. 초창기엔 군부대에서 쌀한 가마니 얻어다 술을 만들어 팔아 연명했다 아입니겨? 여자들은 포 사격장에서 나온 고철을 모아다가 저기 말고개 너머 화천까지 나가 팔았고예."

"아이코, 저런!"

그동안 어디에서도 들을 수 없었던 생생한 이야기를 듣고 보니, 최우수 선생님은 마을의 기왓장 한 장도 예사롭게 보이지 않았어요. 최우수 선생님의 표정이 진지해지자 이장님이 빙그레 웃으며 물었어요.

"선생님, 그거 알아예? 전쟁이 다시 나도 우리 마을이 제일 안전하다네예."

"네? 북한이 코앞에 있는데 안전하다고요?"

"바로 그겁니더. 너무 가까워서 북한에서 포를 쏘아도 여길 맞출 수가 없답니더. 북한 땅 맨 뒤에서 쏴야 간신히 여기 떨어진다고 하대예. 하하하!"

이장님은 최우수 선생님을 바라보며 호탕하게 웃었어요. 하지만 위험하기 그지없는 땅에서 살아남기 위해 어려운 시절을 견뎌 왔을 마을 어르신의 세월을 생각하니, 최우수 선생님은 마냥 따라 웃을 수만은 없었답니다.

민들레반 선생님

"예? 두 학년을 동시에 가르치라고요?"

5, 6학년 민들레반을 맡으라는 교장 선생님의 말에 최우수 선생님은 당황했어요. 교육 대학교에서는 두 학년을 동시에 지도하는 법을 가르쳐 주지 않았거든요. "최 선생, 5, 6학년 해 봐야 고작 여섯 명이라 복식 수업(한 학급에서 두 학년 이상의 학생을 함께 가르치는 수업 형태)을 하는 수밖에 없어요. 선생님들 모두 두 학년씩 맡고 있답니다."

교장 선생님이 상황을 자세히 설명해 주었어요.

"저는 1, 2학년 방울꽃반을 맡고 있어요. 매일 고무신을 신고 다녔더니 아이들이 저를 고무신 선생님이라고 부르더라고요."

얼굴이 둥글고 푸근한 인상의 할머니 선생님이 먼저 다가와 인사했어요.

"3, 4학년 해바라기반 김달수입니다. 교무 부장을 맡고 있습니다."

김달수 선생님도 악수를 청하며 말했어요.

"별명은 눈치 채셨죠? 수달 선생님이랍니다."

고무신 선생님이 웃으며 덧붙였어요.

"전 최우수입니다. 잘 부탁드리겠습니다."

"어머, 본명인가요? 호호, 별명이 따로 필요 없겠네요."

"최우수 선생님, 새로운 출발을 축하드립니다!"

선생님들의 축하와 격려에 최우수 선생님은 씩씩하게 웃었어요. 선생님이 되자마자 슈퍼맨이 돼야 하는 기분이었지만, 큰 소리로 대답했어요.

"감사합니다! 열심히 해 보겠습니다!"

두 학년을 한꺼번에 가르치는 건 한 번도 해 보지 않았지만, 이제부터 해 보면 되는 거지요.

드르륵!

최우수 선생님이 떨리는 마음으로 민들레반 교실 문

을 열었어요. 개구리가 모여 있는 연못처럼 시끄럽던
교실이 순식간에 조용해졌어요.

뚜벅뚜벅!

선생님이 되어 처음으로 걷는 걸음이에요. 심장이
쿵쿵쿵, 함께 걸었지요.

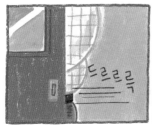

최우수 선생님은 벅찬 마음으로 교탁에 서서 아이들
을 바라보았어요. 그러고 나서 칠판에 또박또박 커다
랗게 이름을 썼어요.

조용하던 교실이 수군수군 술렁였어요.

"선생님이 최우수상 받으셨다고 자랑하시는 건가?"

"저건 이름이잖아, 바보야."

"최고로 우수한 선생님이라는 말 아니야?"

자기들끼리 속삭이면 안 들리는 줄 알지만, 아주 또렷하게 들렸어요. 최우수 선생님이 이름을 말하면 늘 있는 일이기도 했고요.

"선생님 이름만 봐도, 태어날 때부터 멋진 선생님이 될 운명이 아니었겠니? 자, 내 이름을 말했으니, 너희들도 각자 자기소개를 할까? 누가 먼저 할래?"

민들레반엔 5학년이 두 명, 6학년이 네 명 있어요. 하지만 아무도 손을 들지 않았어요. 낯선 선생님을 멀뚱멀뚱 쳐다보기만 하면서요. 교실 안엔 어색한 정적만 감돌았죠. 보다 못한 최우수 선생님이 말을 꺼냈어요.

"누가 대표로 친구들을 소개해 주어도 좋고……."

그래도 아이들은 선생님의 눈을 피하기만 했어요.

"근데 선생님은 얼마나 계실 거예요?"

둘째 줄에 앉은 남자아이가 불쑥 물었어요.

"그게 무슨 말이야? 알아듣게 다시 말해 줄래?"

"여기 학교에 오시는 선생님들은 툭하면 그만두세요. 저번 선생님은 작별 인사도 없이 가셨고요."

최우수 선생님의 가슴이 찌르르 아려 왔어요.

"선생님은 너희들에게 최고로 우수한 선생님으로 인정받기 전엔 절대 그만두지 않을 거야."

"정말요? 약속해 주세요."

남자아이가 새끼손가락을 내밀었어요.

"그럼, 물론이다!"

최우수 선생님은 교탁에서 내려와 아이의 손가락에 자신의 손가락을 걸었어요.

"와아!"

아이들이 환호성을 질렀어요. 그러고는 돌아가며 이름을 말했어요.

"전 6학년 박상길이에요. 제가 우리 학교에서 제일 축구를 잘해요!"

"6학년 1번 김병현입니다!"

"제 이름은 희영이에요. 한희영. 5학년이에요."

"저는 6학년 만득이입니다. 우리 엄마가 부녀회장이고, 마현 상회가 우리 집이에요."

"연이예요. 6학년……."

이름을 소개하는 것만으로도 아이들의 성격이 드러났어요. 최우수 선생님은 아이들의 얼굴과 이름을 가슴에 꼭꼭 새겼어요.

"넌 소개 안 할 거야?"

아까 손을 걸고 약속했던 둘째 줄의 남자아이에게 물었어요.

"여기서 카드 한 장을 뽑으세요. 선생님이 무슨 카드

를 뽑았는지 맞출게요."

　남자아이가 앞으로 나와 트럼프 카드 묶음을 내밀
며 말했어요.

　"솔이 또 시작했다."

　상길이가 킥킥거렸어요.

최우수 선생님은 신중하게 고민하며 카드 한 장을 뽑아서 뒤로 숨겼어요.

"자, 무슨 카드를 뽑았을까? 맞춰 보렴."

한참을 생각하던 솔이가 소리쳤어요.

"하트 6이요."

최우수 선생님은 깜짝 놀랐어요. 정말 하트 6이었거든요.

"대단하다! 어떻게 안 거야?"

"히! 가르쳐 드릴 수 없지요. 저는 카드왕 한솔이에요. 5학년이고, 카드 마술사가 되는 게 꿈이에요."

최우수 선생님은 초롱초롱 빛나는 솔이의 눈빛을 보며 다시 한 번 결심했어요. '이 아이들의 꿈을 키워 주는 최고로 우수한 민들레반 선생님이 돼야지.' 하고 말입니다.

병현이 머릿속 지우개

마현 마을에는 학원이 없어요. 학원을 보낼 만한 여유도 안 되지만, 아무나 학원을 열 수 없는 곳이기도 하니까요. 그래서 부족한 공부를 보충할 데도 마땅치 않았죠.

오늘 최우수 선생님은 작심하고 방과 후에 병현이를 앉혀 놓고 구구단 공부를 시켰어요.

"자, 따라 해 보자. 삼삼은 구, 삼사 십이!"

"삼삼은 구, 삼사 십이!"

'하늘 천 따 지' 천자문을 읊는 서당 아이처럼 박자를 맞춰 병현이가 구구단을 외우고 있어요.

6학년이 되었지만 병현이는 아직도 구구단을 외우지 못해요. 다른 과목은 그럭저럭 따라가는데 유독 수학을 못 했어요. 특히 구구단은 이상하리만큼 금방 까먹는 거예요.

"그래그래, 우리 병현이 잘했다. 그럼 삼오는?"

"십, 시입……."

"시입?"

$$3 \times 1 = 3$$
$$3 \times 2 = 6$$
$$3 \times 3 = 9$$
$$3 \times 4 = 12$$

　최우수 선생님은 조마조마한 마음으로 병현이의 입술을 바라보았어요.

　"십……육?"

　"아이코, 다시 해 보자, 병현아. 삼삼은 구, 삼사 십이, 삼오 십오!"

　"삼삼은 구, 삼사 십이, 삼오 십오!"

　병현이도 열심히 따라 했어요. 삼단만 열 번쯤 한 것 같아요.

"삼팔에 이십사, 삼구 이십칠!"

마침내 병현이가 삼단을 다 외우자 최우수 선생님의 입이 함박 벌어졌어요.

"좋아! 이제 사단이다."

최우수 선생님이 주먹을 불끈 쥐며 병현이에게 소리쳤어요. 선생님의 비장한 표정을 보자 병현이도 고개를 크게 끄덕였어요.

"사일은 사, 사이 팔, 사삼 십이……."

사단을 서른 번쯤 한 다음 드디어 병현이 입에서 '사구 삼십육'이 나왔어요.

"그것 봐, 병현아. 너도 할 수 있어!"

병현이가 활짝 웃었어요. 그 모습이 어찌나 천사처럼 예쁜지 최우수 선생님은 피곤한 것도 잊었어요.

"오단이 제일 쉬워! 완전 껌이쥐!"

최우수 선생님은 개그맨 흉내를 내며 다리를 팔랑팔랑 떨었어요.

"완전 껌이에요!"

병현이도 다리를 떨며 선생님을 따라 했지요.

'공부는 무조건 재미있어야 해.' 그것이 최우수 선생님 철칙이었어요. 그래서 개그 프로를 보며 열심히 익힌 개그맨 흉내도 내 본 거예요.

"오일은 오, 오이 십, 오삼 십오, 오사 이십! 쉽지? 더 하기만 잘해도 돼."

"오일은 오, 오이 십, 오삼…… 십오, 오사…… 이십!"

띄엄띄엄이지만 병현이는 손가락을 꼽아 가며 열일곱 번 만에 오단을 성공했어요.

"이번에야말로 구구단을 꼭 정복하는 거야."

최우수 선생님과 병현이는 손바닥을 마주치며 파이팅을 외쳤어요.

어느덧 해가 기울어 하늘이 어둑어둑해졌어요. 최우수 선생님과 병현이는 마지막 구단을 향해 숨 가쁘게 나아갔어요.

"구일은 구, 구이 십팔……"

배 속에서 꼬르륵 소리가 났어요. 하지만 병현이의

구구단은 돌림 노래처럼 구단에서 뱅뱅 돌며 도무지 끝날 줄을 몰랐어요. 망설이던 최우수 선생님이 눈을 꼭 감고 나지막하게 말했어요.

"병현아, 구단을 성공하면 선생님이 라면을 끓여 주마."

"진짜요? 라면요?"

"그래, 꼬들꼬들 라면 말이다."

병현이의 입이 벙그르르 벌어지며 눈알이 왕방울만큼 커졌어요.

사실 라면은 최우수 선생님도 쉽게 꺼내지 않는 비장의 카드예요. 최우수 선생님은 라면 하나를 사러 갈 때도 옷을 다 차려입고 구두를 신고 나갔어요. 마을 사람들이 타지에서 온 선생님의 옷차림이나 행동 하나하나에 너무나 관심이 많았거든요. 그렇게 애써 사다 놓은 라면이 마지막 딱 하나 남아 있었어요.

최우수 선생님은 병현이의 얼굴을 애타게 바라보았어요.

"구팔에 칠십이, 구구 팔십일!"

비둘기처럼 구구거리던 병현이가 드디어 마지막 고
개를 넘어 팔십일을 외치는 순간, 최우수 선생님은
자리에서 벌떡 일어나 만세를 불렀어요.

"만세! 병현아, 라면 먹자!"

최우수 선생님은 마지막 라면을 끓여

병현이에게 먹인 후 손을 꼭 잡고 집에 데려다

주었어요.

"선생님이 된 건 정말 잘한 일이야."

관사로 걸어 돌아오는 최우수 선생님은 피곤함도 잊

은 채 발걸음이 통통 튀어 올랐어요. 둥그런 보름달이

그런 최우수 선생님의 길을 환하게 밝혀 주며 따라왔

지요.

다음 날, 최우수 선생님은 아침 일찍 출근해서 아이들을 기다렸어요. 카드왕 솔이가 제일 먼저 왔어요.

"오늘의 카드를 뽑아 보세요."

늘 가지고 다니는 카드를 손에 쥐고 솔이가 뽀르르 달려왔어요.

"오호, 긴장되는걸."

이제 어느 정도 솔이의 카드 비밀을 눈치챈 최우수 선생님이었지만 절대 내색하지 않았어요.

"스페이스 퀸이지요?"

"정말 대단한 카드왕이야!"

최우수 선생님이 열심히 카드 마법에 홀려 주는 사이, 드디어 병현이가 문을 열고 들어왔어요.

"안녕하세요, 선생님!"

병현이의 씩씩한 인사를 받으며 최우수 선생님은 빙그레 웃었어요. 그리고 곧장 물었지요.

"병현아, 삼오는?"

병현이가 고개를 갸우뚱했어요.

"삼육은?"

눈을 멀뚱멀뚱 뜬 채 선생님을 바라보던 병현이가
뒤통수를 쓱쓱 문질렀어요.

"그럼, 오사는?"

최우수 선생님의 입이 바짝 마르기 시작했어요.

"육구?"

병현이의 눈동자가 흔들리더니 완벽하게 다른 세상을 향해 구르기 시작했어요.

병현이 머릿속에는 지우개가 하나 있어요. 아무리 꾹꾹 눌러 써넣어도 하루만 지나면 지우개가 싹싹 지워 버리지요. 솔이의 카드 마법도 병현이의 지우개 마법에 비하면 아무것도 아닐걸요.

"지우개 승! 인정!"

최우수 선생님도 깨끗하게 인정하고 말았답니다.

다람쥐 연이

"왜 자꾸 물건이 없어지지?"

최우수 선생님은 가슴이 철렁했어요. 좀 전에 책상 위에 놓아두었던 만년필이 보이지 않았어요. 얼마 전부터 손수건이며 테이프, 칼 같은 물건들이 하나둘씩 없어져서 최우수 선생님은 몹시 신경이 쓰였어요. '잃어버린' 게 아니라 '없어진' 것이 분명한 경우가 자꾸 생기자 불안했지요.

"천사 같은 아이들이 설마……. 아니야, 내 착각이겠

지. 좀 더 조심하면 될 거야."

최우수 선생님은 애써 마음을 달랬어요.

며칠 뒤, 최우수 선생님은 교탁에 새 볼펜을 올려 두
고 일부러 교실을 비웠어요. 펭귄 모양의 볼펜은 누가
봐도 신기해서 탐낼 만했죠.

"함정을 놓고 기다리는 건 비겁한 일이지만, 지금 바
로잡아 주지 않으면 너무 늦을지도 몰라."

또 물건을 잃어버린 최우수 선생님이 최후의 방법을
쓰기로 한 거예요. 최우수 선생님은 창문
밖에서 몰래 교실을
살폈어요.

아이들은 여느 때와 다름없이 장난을 치며 놀기에 바빴어요. 특별한 행동을 보이는 아이는 없었어요.

"여기서 뭐 하시오, 최 선생?"

나무득 교장 선생님이었어요. 최우수 선생님은 깜짝 놀라서 돌아봤어요.

 "아, 교장 선생님. 별, 별일 아닙니다."

 도둑질하다 들킨 것처럼 가슴이 덜컥 내려앉았어요. 정적이 흘렀어요. 교장 선생님은 잠시 동안 최우수 선생님을 지그시 바라봤어요.

 "지켜보는 것과 감시하는 것은 다르오, 최 선생. 아이들을 눈으로만 봐서는 안 됩니다. 가슴으로 보아야 합니다."

 나무득 교장 선생님은 나지막한 목소리로 한마디하고 돌아섰어요. 교장 선생님의 뒷모습을 보면서 최우수 선생님은 그 자리에 굳었어요.

 "가슴으로 보라고? 이런, 내가 무슨 짓을 한 거지?"

 최우수 선생님의 얼굴이 달아올랐어요. 선생님은 곧 교실로 들어가 교탁 앞에 섰어요.

 "얘들아, 선생님이 먼저 사과부터 해야겠구나."

 평소와 다른 선생님의 표정에 아이들이 눈을 동그랗

게 떴어요.

"얼마 전부터 선생님 물건이 자꾸 없어졌단다. 그래서 미안하게도 너희를 의심했어."

최우수 선생님은 고개를 떨궜어요.

"물건을 잘 관리하지 못한 선생님 잘못이 크다. 또 선생님으로서 학생들을 믿어야 했는데 부끄럽구나."

"선생님, 괜찮아요!"

솔이가 외쳤어요.

"누구든 잘못했으면 사과를 해야 맞다. 선생님의 사과를 받아 주겠니?"

"네에!"

아이들이 큰 목소리로 대답했어요.

"고맙다! 혹시라도 선생님하고 이야기하고 싶은 친구가 있다면 언제든지 찾아와 주면 고맙겠구나."

최우수 선생님이 따뜻하게 미소를 지으며 말했어요.

그날 아이들이 집으로 돌아간 후 최우수 선생님은

차를 마시며 창밖을 바라보고 있었어요. 대성산 너머로 넘어가는 해가 하늘을 붉게 물들였어요.

"참 곱다!"

최우수 선생님이 조용히 속삭일 때였어요.

드르륵! 교실 문이 빼꼼 열렸어요.

"누구니?"

아무 대답도 들려오지 않았어요. 그러더니 누군가 쭈뼛쭈뼛 교실로 들어왔어요.

"연이야."

가뜩이나 작은 어깨를 오그리고 고개를 떨군 연이의 모습에 최우수 선생님은 그만 울컥하고 말았어요.

"죄송해요, 선생님!"

연이가 갑자기 울음을 터뜨렸어요. 최우수 선생님은 연이가 실컷 울도록 손을 꼭 잡고 기다렸어요.

"할 이야기가 있니?"

연이의 울음이 잦아들자 최우수 선생님이 다정한 목
소리로 물었어요. 연이가 메고 온 가방을 선생님에게
내밀었어요.

"여기 다…… 있어요. 집에 가서 모두 가져왔어요."

연이는 가방 안의 물건을 꺼냈어요. 얼마 전 사라졌

던 만년필, 테이프, 지우개, 칼, 손수건, 잃어버린 줄도 몰랐던 손톱깎이, 빗 그리고 음료수 깡통까지…….

"이 깡통은 뭐니?"

"저번에 선생님이 음료수 마시고 버린 거요. 여기 있는 물건들 하나도 안 썼어요. 그대로예요."

연이가 기어들어 가는 목소리로 말했어요.

"쓰지도 않을 물건들을 왜 가져간 거야? 게다가 버린 깡통까지?"

연이의 얼굴이 빨개졌어요.

"음…… 음……. 선생님 물건들을 가지고 있으면, 선생님이 저랑 함께 있는 것 같아서요."

연이의 눈에서 닭똥 같은 눈물이 떨어졌어요.

"연이 아빠는 어렸을 때 지뢰를 밟아서 한쪽 다리를 잃었어요. 그 바람에 마현 마을이 무섭다며 내내 우울증을 앓다가 연이가 태어나고 얼마 있다 세상을 떠났어요. 연이 엄마도 돈 벌러 간 뒤로 소

식이 끊겼고요. 연이 할머니가 남의 하우스에서 일
해서 근근이 생활하는 것 같더라고요.”

고무신 선생님이 전해 준 얘기가 퍼뜩 떠올랐어요.
“이런, 연이가 많이 외로웠구나! ”
최우수 선생님은 가방에서 나온 손수건으로 연이의
눈물을 닦아 주었어요.
“네가 나를 가르치는구나. 미안하다, 미안하다!”
아주 옛날에 있었던 전쟁이라고 생각했는데……. 그
전쟁의 상처와 아픔이 한 어린아이의 어깨에 고스란히
남겨진 꼴이었어요. 연이 혼자 그 무게를 감당하고 있
었다는 생각에 최우수 선생님은 마음이 아팠어요.
‘가슴으로 보라는 말이 이 뜻이었구나!’
연이가 다람쥐처럼 물어다 준 깨달음을 꼭 기억하기
로, 최우수 선생님은 몇 번이나 다짐했답니다.

병설 유치원 강하리 선생님

강하리 선생님은 마현초등학교의 병설 유치원 선생님이에요.

"성함이 진짜 최우수 선생님이에요? 새 선생님이 오신다는 말을 듣고 어떤 분인지 정말 궁금했어요."

유치원으로 부임 인사를 간 날, 강하리 선생님이 반갑게 맞아 주며 말을 건넸어요.

처음 강하리 선생님을 봤을 때 최우수 선생님은 가슴이 두근두근 떨렸어요. 인상이 참한 데다 상냥하기까지 하니 설렐 수밖에요. 하지만 그건 정말 잠깐이었어요.

"최우수 선생님, 날씨 참 좋지요?"

강하리 선생님이 생글생글 웃으며 다가와서는 갑자기 손바닥으로 등을 퍽 후려쳤어요. 손이 어찌나 매운지 휘청 중심을 잃을 정도였죠.

"아야! 강 선생님, 입은 밥 먹을 때만 사용하세요? 왜 인사를 손으로 해요?"

"어머, 뭐가 아프다고 엄살이 그렇게 심하세요?"

"허, 참!"

최우수 선생님은 기가 막혀 웃음만 나왔어요.

무슨 말이든 솔직하게 하는 강하리 선생님은 다른 선생님들과는 좀 달랐어요. 걸음도 성큼성큼 걷고, 동작도 빠르고, 목소리도 크고, 운동도 좋아하고, 힘도 세고……. 밥은 또 얼마나 많이 먹는지, 최우수 선생님보다 두 배는 더 먹는 것 같았어요.

그러다 결정적으로 최우수 선생님이 강하리 선생님에게 겁먹게 된 이야기를 전해 들었어요. 바로 고무신 선생님에게서요.

"최 선생님, 강하리 선생이 멧돼지 잡은 사건 알아요? 작년에 유독 멧돼지가 자주 마을에 내려왔거든요. 어느 날 새벽에 밭을 다 파헤쳐 놓고 고구마를 먹고 있는 멧돼지를……. 세상에, 강하리 선생이 혼자 몽둥이로 때려잡았다니까요!"

"멧돼지를 몽둥이로 호, 혼자서요?"

"그래요. 유도가 몇 단이라던가? 그날 잡은 멧돼지로 동네잔치를 벌였어요. 아무튼 강 선생 대단해요!"

멧돼지를 때려잡는 강하리 선생님의 모습을 떠올리니 간이 오그라드는 것 같았어요.

그 후로 최우수 선생님은 강하리 선생님을 슬슬 피해 다녔어요. 하지만 체육 시간만큼은 도저히 피할 수 없었어요.

마현초등학교는 일주일에 두 번, 전교생 열다섯 명과 병설 유치원생 세 명까지 합쳐서 모두 함께 체육 수업을 해요. 축구나 피구 같은 운동 경기는 적은 수로는 할 수 없으니까요.

선생님까지 모두 참여하는 경기에서 강하리 선생님은 유독 최우수 선생님을 괴롭혔어요. 피구할 때마다 딱 최우수 선생님을 겨냥해서 날리는 공의 위력은 무시무시했어요.

이번 체육 시간의 축구는 어떻고요? 얼마나 날쌘지 몇 번이나 최우수 선생님이 모는 공을 빼앗아 코앞에서 골을 넣었어요.

"선생님은 왜 맨날 강하리 선생님한테 져요?"

민들레반 아이들의 불만이 하늘을 찔렀어요.

"아, 아니야. 내가 져 주는 거지."

"에이, 거짓말! 숨을 헉헉대면서 쫓아가도 못 따라잡던데요, 뭐. 선생님 때문에 맨날 우리가 지잖아요!"

체육 대장 상길이가 대놓고 툴툴거렸어요. 최우수 선생님 체면이 말이 아니었어요. 선생님은 오기가 발동했어요. 아이들에게 더 이상 찌질한 선생님으로 보이기 싫었거든요.

"좋다! 다음 체육 시간엔 진정한 나의 실력을 보여 주마!"

최우수 선생님은 비장한 결의를 다지며 주먹을 불끈 쥐었어요.

그리고 다가온 체육 시간. 선생님과 아이들이 모두 운동장에 모였어요. 물론 병설 유치원 아이들과 강하리 선생님도 함께였지요.

"안녕하세요, 최우수 선생님!"

강하리 선생님은 오늘도 변함없이 우렁찬 목소리로 인사를 건넸어요. 최우수 선생님은 또 등짝을 맞을까 싶어서 자기도 모르게 어깻죽지에 힘을 줬어요.

"자, 오늘도 축구를 하겠어요. 두 편으로 나누어서 정렬해 주세요."

심판을 맡은 나무득 교장 선생님이 마이크에 대고 말했어요.

강하리 선생님과 수달 선생님이 한편, 최우수 선생님과 고무신 선생님이 한편. 편은 늘 이렇게 나뉘어졌어요. 몸이 둔한 수달 선생님과 체육 시간에도 고무신을 신고 나온 고무신 선생님은 뒤에서 어슬렁어슬렁 따라다닐 뿐, 실제 경기는 최우수 선생님과 강하리 선생님이 주도했어요.

"선생님, 이번엔 진짜 강하리 선생님 잘 막아야 해요. 아셨죠?"

상길이가 다가와 다짐을 받았어요.

"알겠다. 나만 믿어라. 오늘은 기필코 강하리 선생님을 꺾을 테니까."

최우수 선생님이 가슴을 탕탕 치며 말했어요. 오늘만큼은 절대 물러설 수 없었죠. 오늘 축구 경기에서 진다면 정말 최고의 거짓말 선생님이 될 거예요.

호르르륵!

호루라기 소리와 함께 경기가 시작됐어요.

"야앗!"

경기가 시작되자마자 강하리 선생님의 날쌘 질주가 운동장을 갈랐어요. 아이들이 우르르 강하리 선생님 뒤를 쫓아 달렸지요. 최우수 선생님도 번개처럼 뛰어갔어요.

하지만 강하리 선생님의 속도를 이길 수 없었어요.

"골인!"

눈 깜짝할 사이에 강하리 선생님의 불꽃 슛이 터졌어요.

"와아!"

한쪽에선 환호성이 터졌지만, 최우수 선생님 반 아이들은 죽을상이 되었어요.

"선생니임! 쪼옴!"

"선생님은 군대에서 축구도 안 했어요?"

상길이는 물론 믿었던 솔이마저 목소리를 날카롭게 세웠어요.

"야, 선생님을 이렇게 막 막 몰아세워도 되냐?"

오늘도 강하리 선생님과의 대결에서 맥없이 진 최우수 선생님은 진심으로 삐지고 말았답니다.

울보 깡길이

"선생님, 깡길이가 울보라고 놀려요!"

희영이가 아침부터 눈물 바람이었어요.

"네가 먼저 나한테 깡길이라고 놀렸잖아?"

"깡패 상길이, 깡길이 맞잖아?"

"너 자꾸 오빠한테 반말할래?"

"선생님, 깡길이가 또 때렸어요. 엉엉엉!"

6학년인 상길이와 5학년인 희영이는 만나기만 하면 투닥거렸어요. 그리고 항상 희영이의 눈물로 끝이 났지요.

　"박상길, 설마 그 주먹 정말 날리려고 하는 건 아니지? 희영이는 그만 울어라."

　최우수 선생님이 끼어들지 않으면, 둘은 하루 종일 싸우고 우느라 시끄러울 거예요.

개구쟁이 상길이는 원래부터 장난을 잘 치는 편이지만, 유독 희영이한테 더 심했어요.

"상길아, 너 희영이 좋아하니?"

점심시간, 운동장 벤치에 앉아 있는 상길이에게 다가가 최우수 선생님이 넌지시 물었어요.

"에이! 저렇게 못생기고 맨날 질질 짜는 애를 누가 좋아해요?"

아이들과 놀고 있는 희영이를 바라보며 상길이가 콧방귀를 뀌었어요.

호들갑스럽게 정색하는 상길이를 보며 최우수 선생님은 씩 웃었어요. 선생님도 어렸을 때 얼굴이 유난히 하얗고 귀여운 여자아이에게 매일 짓궂은 장난을 쳤거든요.

"누군가를 좋아하는 건 자연스러운 일이야. 숨기고 아닌 척할 필요 없어."

"진짜 아니라고요!"

상길이는 얼굴이 새빨개진 채 교실로 냅다 줄행랑을

쳤어요.

"하하, 좋아하는 사람이 있다니 좋……겠다!"

아직 여자 친구를 사귀어 본 적이 없는 최우수 선생님은 진심으로 부러움을 담아 웃었어요.

"최우수 선생님!"

갑자기 등에서 불이 번쩍했어요.

"아이코! 강하리 선생님, 제발요!"

최우수 선생님은 펄쩍 뛰며 질겁했어요.

"왜 그렇게 번번이 놀라세요? 별로 세게 때린 것도 아닌데."

깔깔깔 웃는 강하리 선생님이 정말 무서워 덜덜 떨렸어요. 그런데 강하리 선생님의 얼굴이 땀범벅이었어요.

"강 선생님, 어디 다녀오세요?"

"네. 산에 좀 다녀왔어요."

그러면서 날렵한 다람쥐처럼 휙 유치원 쪽으로 사라졌어요.

"무섭지도 않나? 혼자 시도 때도 없이 산을 오르

게……."

최우수 선생님은 고개를 설레설레 흔들었어요.

오늘은 민들레반 텃밭에 있는 채소를 수확하는 날이에요.

"내 오이 좀 봐. 너무 귀여워."

"요것 봐. 내 파프리카는 통통하게 잘 자랐어."

아이들이 스스로 키운 채소들을 신나게 따서 바구니에 담았어요.

"이 채소들로 오늘 점심은 비빔밥을 해 먹자!"

최우수 선생님의 말에 아이들이 환호성을 질렀어요. 점심시간엔 각자 싸온 도시락을 먹지만, 오늘은 특별한 날이니까 함께 요리해 먹기로 했지요.

커다란 양푼에 아이들이 싸 온 밥을 모아 담고 수확한 채소를 씻은 후 잘게 썰어 넣었어요. 거기다 고추장한 숟가락을 듬뿍 넣고, 고소한 참기름도 톡톡 떨어뜨리고 쓱쓱 비볐지요

"다 됐다. 이제 먹자!"

숟가락들이 바쁘게 움직이며 밥을 먹기 시작했어요.

"우리가 키워서 먹는 채소는 정말 맛이 특별하지?"

최우수 선생님이 흐뭇한 표정으로 물었어요. 평소에 채소를 잘 안 먹던 아이들까지 정말 맛있게 먹고 있었거든요.

"네! 세상에서 제일 맛있는 비빔밥이에요."

"엄마가 해 준 것보다 훨씬 맛있어요!"

커다란 양푼에 가득하던 비빔밥이 눈 깜짝할 새 동이 났어요.

"자, 양치질하고 운동장에 나가서 놀아도 좋다."

아이들이 우당탕 자리에서 일어났어요. 최우수 선생님도 양치질하러 화장실로 갔어요.

"헉! 헉!"

그런데 희영이가 갑자기 숨을 가쁘게 쉬면서 자리에 주저앉았어요. 앞서가던 상길이가 뒤를 돌아봤지요.

"헉! 헉! 헉!"

　　주저앉은 희영이가 고통스
럽게 헐떡거렸어요.
　"야, 너 왜 그래?"
　　상길이가 후다닥 희영이에게
다가갔어요.
　"헉헉! 숨이, 숨이…… 안 쉬어
져. 헉…… 헉!"
　희영이 얼굴이 금세 빨개지며 부어
올랐어요. 식은땀을 비 오듯 흘리고
눈까지 벌게지면서 구역질을 했어요.
　"선생님!"
　솔이가 최우수 선생님을 부르러 화
장실로 뛰어갔어요.
　　"맞다, 율무! 혹시 오늘 누가

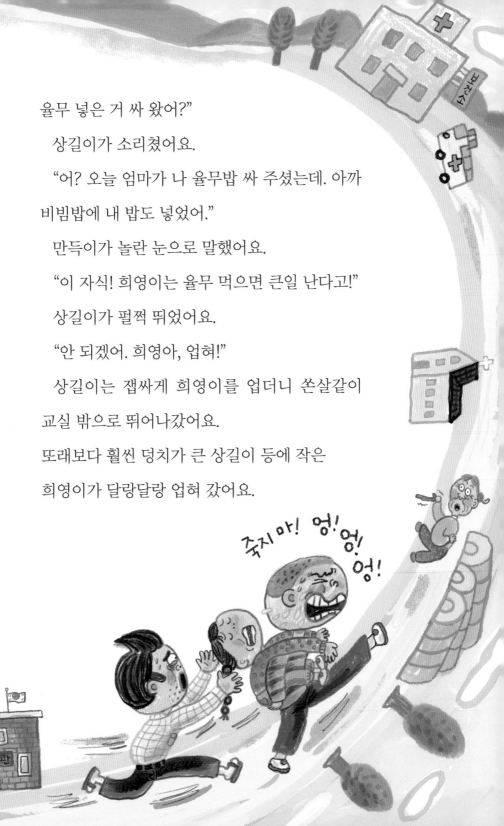

율무 넣은 거 싸 왔어?"

상길이가 소리쳤어요.

"어? 오늘 엄마가 나 율무밥 싸 주셨는데. 아까 비빔밥에 내 밥도 넣었어."

만득이가 놀란 눈으로 말했어요.

"이 자식! 희영이는 율무 먹으면 큰일 난다고!"

상길이가 펄쩍 뛰었어요.

"안 되겠어. 희영아, 업혀!"

상길이는 잽싸게 희영이를 업더니 쏜살같이 교실 밖으로 뛰어나갔어요.

또래보다 훨씬 덩치가 큰 상길이 등에 작은 희영이가 달랑달랑 업혀 갔어요.

죽지마! 엉! 엉! 엉!

"상길아, 희영아, 무슨 일이냐? 어디 가는 거야?"

최우수 선생님 급히 뒤쫓아 왔어요. 희영이를 업고 뛰는데도 상길이가 어찌나 빠른지 최우수 선생님이 간신히 따라잡았어요.

"보건소 가요. 희영이가 많이 아파요. 엉엉엉!"

"선생님이 업으마. 희영이 이리 다오."

하지만 눈물 콧물 범벅이 된 상길이는 멈추지 않고 희영이를 업은 채 앞으로 뛰었어요.

보건소에 도착해 희영이를 침대에 눕히고 나서야 상길이는 주저앉아 울음보를 터뜨렸어요.

"희영아, 맨날 괴롭혀서 정말 미안해! 다신 안 그럴 테니까 제발 죽지 마!"

최우수 선생님이 상길이를 꼭 안아 주었어요.

다행히 희영이는 알레르기 주사를 맞고 무사히 나았어요.

다음 날 말짱해진 희영이가 학교에 오자 아이들은 싱글벙글 신이 났어요.

"얼레리꼴레리, 얼레리꼴레리! 상길이랑 희영이는 얼레리꼴레리!"

"하지 마! 뭐가 얼레리꼴레리야!"

홍당무가 된 상길이가 소리치자 아이들 목소리는 더 커졌어요.

"또 울려고? 깡길이는 울보, 울보 깡길이!"

깡길이에게 울보 별명을 뺏긴 희영이는 그날부터 울음을 딱 멈췄고, 상길이는 희영이 그림자만 보면 도망쳐 버렸답니다.

한밤의 간첩 소동

마현초등학교 관사에는 최우수 선생님만 혼자 살고 있어요. 교장 선생님과 다른 선생님들은 모두 읍내나 가까운 마을에서 출퇴근했지요.

가로등 불빛 하나 없는 강원도 산골 학교의 밤은 먹물처럼 어두웠고, 풀벌레만 어둠 속에서 움직였어요. 여태껏 도시에서 살아온 최우수 선생님은 이런 산골의 밤에 쉽게 적응하지 못했어요. 게다가 여긴 보통 시골도 아니고 민통선 마을이잖아요.

"소식 들었나? 엊그제 간첩 신고가 들어왔다
는데?"

"잡았다던가?"

"그리 쉽게 잡히면 그게 간첩이겠는가?"

마을에서 어르신들이 하는 이야기를 들어서였
을까요? 오늘 밤 최우수 선생님은 왠지 어둠이
더 오싹했어요. 그래서 늦은 밤까지 쉽게 잠들지
못했어요. 그때 어디선가 소리가 들렸어요.

쿵! 쿵! 쿵!

뭔가 바닥을 울리는 소리였어요. 최우수 선
생님은 정신이 번쩍 들었어요.

'도둑? 아니면 호, 혹시 간첩?'

도둑일 리는 없어요. 여긴 입구에 검문
소가 있고, 여기저기 군부대가 있는 민통
선 마을이니까요. 최우수 선생님은 두
근대는 마음을 진정시키며 무기가 될
만한 것을 찾았어요. 마침 아이들과

야구하느라 가져다 놓은 방망이가 눈에 띄었어요.

삐이걱!

최우수 선생님은 야구 방망이를 들고 조심스럽게 문을 열고 밖을 살폈어요. 어둠만 칠흑처럼 짙을 뿐 아무도 없었어요. 쿵 소리도 멈췄어요.

"내가 잘못 들었나?"

한참을 보다가 문을 닫고 방으로 돌아왔어요.

쿵! 쿵! 쿵!

또다시 소리가 들렸어요. 규칙적으로 들려오는 발자국 소리. 최우수 선생님은 손이 저릴 정도로 야구 방망이를 꽈악 움켜쥐고 다시 문을 열고 밖으로 나갔어요. 역시 아무도 없었어요. 소리도 딱 멈추었고요.

살며시 문을 닫고 방으로 돌아온 최우수 선생님은 호흡을 가다듬고 소리를 기다렸어요.

쿵! 쿵! 쿵!

마침내 소리가 또 들려왔어요.

"꼼짝 마라!"

최우수 선생님은 벌컥 문을 열고 뛰어나가 벼락같이 소리쳤어요.

최우수 선생님이 뛰어나간 진동 때문인지 벽 끝에 세워 놓은 옥수수자루가 넘어지면서 옥수수 알갱이가 좌르륵 쏟아져 나왔어요.

곧이어 찍찍찍! 커다란 생쥐 한 마리가 옥수수자루 뒤에서 뛰어나와 관사 앞 화단으로 쪼르르 도망가는 게 보였어요. 한참 동안 생각하던 최우수 선생님이 탄성을 질렀어요.

"아, 이제 알겠네. 생쥐였군. 생쥐의 몸부림이었어."

그래요! 옥수수자루 안의 옥수수를 먹으려고 생쥐 한 마리가 펄쩍 뛰어올랐다가 쿵 떨어지고, 또 펄쩍 뛰어올랐다가 쿵 떨어지고, 다시 뛰어올랐다가 쿵 떨어지는 소리가 꼭 사람 발자국 소리처럼 들렸던 거였어요.

쿵!

"푸하하하! 이거야말로 달밤의 체조였군!"

최우수 선생님은 한바탕 웃으며 방으로 들어갔어요.
창문으로 보름달이 환하게 빛나는 모습이 보였어요.

"이렇게 평화로운데, 나 혼자 착각해서 괜히 마음을
졸였네!"

쾅, 우당탕!

요란한 소리가 들려온 것은 바로 그때였어요.

최우수 선생님은 벌떡 일어나서 야구 방망이를 손에
쥐고 뛰어나갔어요.

"누구야?"

누군가 학교 담장을 넘어 사라졌어요. 이번엔 분명 사람이었어요. 어두워서 잘 보이진 않았지만 무척 날렵했어요. 여자인지 말꼬리 같은 긴 머리카락이 달랑거렸고요. 최우수 선생님은 다리가 후들거려서 벽을 붙잡고 겨우겨우 버텼답니다.

천장이 눈앞에

오늘은 일요일.

최우수 선생님은 늦잠에서 헤어 나오지 못했어요. 밤새 몰아치던 태풍 때문에 새벽에야 간신히 잠들었거든요. 군부대에서 들려오는 기상나팔 소리도 오늘 아침엔 소용없었어요.

무섭던 빗줄기가 가늘어지고 아침 해가 중천에 떠올랐어요.

"흐읍!"

최우수 선생님이 누운 채 몸을 쭈욱 늘렸어요. 관사는 키가 180센티가 넘는 최우수 선생님이 누우면 발이 벽에 닿을 정도로 좁은 방이었어요. 최우수 선생님은 벽을 버팀목 삼아 한껏 기지개를 켰어요.

우지지지직!

그 순간 천장에서 커다란 소리가 들렸어요. 뭔가 금이 가는 소리 같았어요.

쿠쿵쿵쿵! 쿠쿵!

그러더니 믿을 수 없는 일이 일어났어요. 최우수 선생님은 넋이 나간 듯 말을 잇지 못했어요.

"이, 이런! 천, 천장이……."

누워 있는 선생님 눈앞으로 천장이 무너져 축 내려온 거예요. 최우수 선생님은 팔꿈치를 짚고 몸을 조금씩 밀어서 밖으로 빠져나왔어요. 조금만 위치를 잘못 잡았어도 크게 다칠 수 있는 상황이었지요.

최우수 선생님은 혼비백산해서 학교로 뛰어갔어요. 마침 교무실에 나무득 교장 선생님이 있었어요.

"교장 선생님,
천장이 무너졌어요!"
땀으로 범벅이 된 얼굴을 닦으
며 최우수 선생님은 관사를 가리켰어요.
"이런, 최 선생은 괜찮소? 그렇지 않아도

어젯밤 비가 심상치 않아서 학교에 나와

본 참이오. 학교가 오래돼서 비가 온 후엔 꼭 여

기저기 탈이 납니다."

나무득 교장 선생님은 차분했어요.

"어머, 일요일 아침부터 학교엔 웬일들이세요?"

교무실 문이 열리며 뜻밖에 강하리 선생님이 생글거

리며 들어왔어요.

"서, 선생님이야 말로 이, 일요일 아침부터 웨, 웬일

이십니까?"

최우수 선생님은 말까지 더듬거렸어요.

"새벽에 산에 올라갔다가 오느라고요."

쫄딱 젖은 강하리 선생님은 뒤로 묶은 말꼬리 같은

머리에서 물기를 탁탁 털어 냈어요.

며칠 전 밤, 담을 넘던 긴 머리 여자가 떠올라 최우수 선생님은 입안에 침이 바짝 말랐어요.

"비 때문에 땅이 젖어서 미끄러울 텐데, 쯧쯧쯧."

나무득 교장 선생님이 고개를 절레절레 흔들었어요.

"비 오는 날의 산이 얼마나 낭만적인데요. 호호호."

최우수 선생님은 무너진 천장보다 강하리 선생님의 웃음소리가 더 으스스했어요.

"최 선생, 일단 관사에 가서 현장을 봅시다."

"어머나! 최 선생님, 관사에 무슨 일 있어요? 저도 같이 가요."

나무득 교장 선생님이 앞장서고 강하리 선생님이 쫄랑쫄랑 따라갔어요. 최우수 선생님도 마지못해 그 뒤를 따랐어요.

"지붕이 낡아 비가 샜군요. 그 비를 천장 합판이 빨아들이고 무거워서 주저앉았나 봅니다."

한참 동안 천장을 들여다보던 나무득 교장 선생님이 말했어요. 교장 선생님은 밖으로 나가더니 어디선가

굵고 기다란 나무 기둥 하나를 끌고 나타났어요.

"이리 주세요."

강하리 선생님이 잽싸게 다가가 교장 선생님에게 나무 기둥을 뺏어 어깨에 걸치더니 성큼성큼 관사 안으로 들어갔어요.

"저런 저런, 아무 데서나 힘자랑을?"

나무득 교장 선생님은 또 혀를 찼지만, 최우수 선생님은 무슨 일인지 도무지 정신을 차릴 수가 없었어요.

"이 기둥을 어디다 놓을까요?"

강하리 선생님이 씩씩한 목소리로 물었어요. 나무득 교장 선생님은 팔을 쭉 뻗어 밑으로 처진 천장을 위로 밀어 올리기 시작했어요.

"영차!"

최우수 선생님도 얼른 팔을 뻗어 천장을 받쳤어요. 마치 하늘을 들어 올리는 헤라클레스가 된 기분이었죠. 그러자 나무득 교장 선생님이 소리쳤어요.

"강 선생, 얼른 그 나무 기둥으로 천장 밑을 받쳐요."

"넵!"

강하리 선생님이 기운차게 대
답하며 위로 올라간 천장과 바닥 사이에
나무 기둥을 세웠어요. 천장 가운데를
떠받치도록 똑바로요.

"이제 됐습니다. 손을
내리셔도 돼요."

나무득 교장 선생님이 먼저 손을 뗐어요. 뒤이
어 최우수 선생님까지 손을 떼도 나무 기둥은
그대로 천장을 받치고 섰어요.
"애썼소, 강 선생. 어깨는 괜찮은가?"
"이 정도쯤이야 식은 죽 먹기인걸요."
교장 선생님 말에도 강하리 선생님은
손을 탁탁 털며 생글거리기만 했어요.
"최 선생, 이 정도면 태풍이 다시
와도 끄떡없을 거요."

"정말 끄……떡없을까요?"

방 한가운데에 세워진 나무 기둥은 절대 끄떡없어 보이지 않았어요. 별일 아니라는 듯 말하는 나무득 교장 선생님 말에 최우수 선생님은 입이 바짝 말랐어요.

"최 선생이 자다가 발로 차지만 않으면 됩니다."

최우수 선생님은 잠버릇이 심했어요. 뒹굴뒹굴 구르다가 아무 데나 발로 뻥뻥 차곤 하는걸요.

"만약…… 기둥을 차면 저는 어떻게 되는 걸까요?"

최우수 선생님의 목소리가 파르르 떨렸어요. 방의 구석도 아니고 한가운데 떡 버티고 있는 기둥을 보니 절로 오금이 저렸어요.

"새로운 선생님을 또 발령 내 달라고 하기는 싫소, 최 선생."

교장 선생님은 안 될 말이라는 듯 고개를 젓더니 방을 나갔어요.

"저도요. 최 선생님하고 정이 듬뿍 들었는데 병원에 보내기는 싫은걸요."

강하리 선생님이 최우수 선생님의 어깨를 툭 치고 나갔어요. 그냥 방을 나가 버리면 그만인 두 사람이 최우수 선생님은 너무 부러웠어요.

그날 이후 최우수 선생님은 기둥을 껴안고 새벽까지 밤을 지새우기 일쑤였어요. 아침에 일어나면 다리에 쥐가 날 때도 있었어요.

"선생님, 혹시 주무세요? 카드 고르다가 주무시면 어떡해요?"

잠이 부족하니 교실에서 솔이가 내민 카드를 쥐고 잠이 들 때도 있었어요.

"아냐, 안 잤어. 안 잤어!"

"에이, 잤잖아요! 나무늘보 같아요!"

아이들이 깔깔거리며 놀리기까지 했지만 쏟아지는 잠을 이길 수가 없었죠.

관사의 지붕과 천장이 튼튼하게 수리되기까지 거의 한 달이 걸렸어요.

"부어어허헝, 부어어어어어허허헝!"

그러는 동안 최우수 선생님은 밤마다 부엉이처럼 울었어요. 덕분에 아무 데나 뒹굴거리며 뻥뻥 차는 고약한 잠버릇은 말끔히 고쳤답니다.

개구리 반찬

"아이코!"

최우수 선생님은 복도에 서 있는 연이를 보고 털썩 주저앉았어요.

"왜 그러세요, 선생님?"

연이가 놀라는 선생님을 멀뚱하게 쳐다봤어요.

"여, 연이야. 소, 손에 들고 있는 거 말이다."

"이거요? 왜요?"

연이는 영문을 모르겠다는 듯 손에 든 것을 빙빙 돌

리며 다가왔어요.

"엄마야!"

최우수 선생님이 정말 절박할 때만 나오는 비명을
지르고 말았어요.

"선생님이 지금 '엄마야!' 한 거 맞아?"

"푸하하하! 응, 분명히 '엄마야!' 하셨어."

옆에서 지켜보던 아이들이 킥킥댔어요.

"웩! 연이가 또 뱀 잡아 왔다!"

마현 마을이 고향이 아닌 솔이만 질색하더니 교실로
쏙 들어가 버리고, 아이들은 창가에 모여 구경했어요.

"선생님, 뱀이 뭐가 무서워요? 갖고 놀면 얼마나 재밌는데요?"

연이가 뱀을 창문으로 휙 던지고는 옷에 손을 쓱쓱 닦았어요.

산에 둘러싸인 마현 마을엔 지뢰만큼이나 발밑을 조심해야 하는 것이 하나 더 있어요. 어디를 가든 뱀이 우글우글했거든요. 여기서 나고 자란 아이들은 태어나면서부터 워낙 자주 뱀을 만나니 두려움이 전혀 없었어요. 어떤 뱀이 독사인지도 잘 알고, 능숙하게 뱀을 다룰 줄도 알았죠. 독이 없는 뱀들은 아이들의 천연 장난감이나 마찬가지였어요.

"뱀 잡아서 껍질을 쫙 벗겨서 구워 먹으면 얼마나 맛있는데요. 개구리도 쫄깃쫄깃 맛있고요."

어느새 강하리 선생님이 다가와 생글거리며 말했어요.

"헉! 뭐, 뭐라고요?"

입맛까지 다시는 강하리 선생님을 보며 최우수 선생

님은 등골이 오싹했어요.

"맞아요, 선생님. 뱀 고기랑 개구리 고기 진짜
맛있어요. 전 도마뱀도 먹어 봤어요."

"난 옛날에 산토끼 잡아서 먹은 적도 있다!"

아이들이 강하리 선생님과 희귀한 먹거리로
왁자지껄 떠드는 사이, 최우수 선생님은
교실로 들어가 의자에 털썩

주저앉아 마음을 가다듬었어요.

"자, 수업 시작하자. 얼른 교실로 들어와라."

간신히 정신을 차린 최우수 선생님이 아이들에게 소리쳤어요.

민들레반엔 아직도 받침을 틀리게 쓰거나 띄어쓰기가 엉망인 아이들이 많았어요. 그래서 최우수 선생님은 받아쓰기 시험을 자주 봤어요. 오늘도 최우수 선생님은 또박또박 발음에 신경 쓰며 받아쓰기 문제를 냈어요. 아이들은 연필을 꾹꾹 눌러 가며 열심히 글씨를 썼지요. 만득이만 빼고요.

만득이는 머리를 긁적이다가 꾸벅꾸벅 졸기까지 했어요. 만득이는 다른 아이들과 좀 달랐어요. 몸은 6학년이지만, 머리는 아직 1학년 교실에 머물렀죠. 한글을 아직 다 깨치지 못했거든요. 오늘도 만득이는 한 문제도 제대로 쓰지 못했어요.

"만득이 시험지는 맨날 장마야."

상길이가 빨간 줄이 죽죽 그어진 빵점짜리 만득이 시험지를 들고 놀려 댔어요.

"상길아, 친구를 놀리면 못쓴다."

최우수 선생님은 만득이를 보고 결심했어요. 병현이의 구구단 암기는 성공하지 못했지만, 만득이 받아쓰기 시험지의 장마는 끝내 줘야겠다고 말이에요.

"만득아, 방과 후에 남아라. 오늘부터 네 시험지에 내리는 비를 멈추게 하자."

최우수 선생님은 만득이의 머리가 아직 1학년 교실에 있다면 거기서부터 시작해야 한다고 생각했어요.

"좋아! 1학년 받아쓰기부터 도전하자!"

최우수 선생님과 만득이는 1학년 국어책을 앞에 놓고 공부를 시작했어요.

한 달 만에 1학년을 무사히 마치고, 가까스로 2학년까지 마친 후 드디어 3학년으로 진급했어요.

"3학년 받아쓰기를 통과하면 저학년은 졸업하는 것이다. 공부는 많이 해 왔겠지?"

만득이가 3학년 받아쓰기 시험을 보는 날, 최우수 선생님이 비장하게 물었어요.

"네에!"

만득이가 우렁차게 대답했어요. 요즘 만득이는 조금

씩 받아쓰기에 자신감이 붙어 가는 중이에요. 1학년 받아쓰기부터 차근차근 밟아 왔더니 놀랍게도 서서히 글씨가 보이기 시작했거든요. 띄엄띄엄 읽던 교과서가 술술 읽히자 신이 났어요.

"포기는 배추 셀 때나 쓰는 것이다!"

"포기는 배추 셀 때나 쓰는 것이다!"

최우수 선생님과 만득이의 구호였지요. 둘은 구호를 힘차게 외치고 받아쓰기를 시작했어요.

"1번. 종민이는 주먹을 쥐고 부르르 떱니다."

문제를 듣고 만득이 연필이 속도를 내자 최우수 선생님 얼굴에 화색이 돌았어요. 이렇게 열 문제 시험이 끝나고 채점도 마쳤어요.

"만득아!"

최우수 선생님이 벌떡 일어나 손을 번쩍 들었어요.

"백 점이다!"

"정말요? 진짜 제가 백 점을 맞았어요?"

만득이 눈이 왕방울만 해지더니 자리에서 펄쩍펄쩍

뛰었어요. 최우수 선생님도 만득이를 꼭 안아 주었지요. 머리가 땅에 닿을 정도로 최우수 선생님에게 절을 하고 난 만득이는 백 점짜리 시험지를 태극기처럼 휘날리며 교실 밖으로 뛰어나갔어요.

"뭐? 우리 만득이가 백 점을 맞았다고?"

비록 3학년 받아쓰기지만 만득이가 학교에 입학한 후로 백 점을 맞은 것은 처음이었어요.

"늦게 얻은 우리 삼대독자 귀한 만득이가 이제야 이름값을 하나 보다!"

그날 만득이 엄마는 덩실덩실 춤까지 추었어요.

며칠 후 마현 상회를 하는 만득이 엄마가 뽀실뽀실 웃으며 최우수 선생님을 찾아왔어요.

"선생님, 내일 우리 집에 오셔서 저녁 드세요."

"무슨 일로 그러십니까?"

"우리 만득이 사람 구실하게 해 주셨는데 제가 밥 한 끼라도 대접하고 싶어서요."

"별말씀을요. 선생이 해야 할 일을 당연히 한 것뿐인

데요.”

“아니에요. 제가 귀한 것을 준비해 놨어요. 다른 선생님들도 함께 오세요. 아, 유치원 선생님은 꼭 모셔 오세요. 그 선생님이 아주 잘 드시더라고요.”

만득이 엄마가 하도 신신당부하니 다음 날 최우수 선생님은 나무득 교장 선생님, 수달 선생님과 함께 학교 앞 만득이네 집, 마현 상회로 향했어요. 물론 강하리 선생님도 함께요. 고무신 선생님은 속이 안 좋다며 빠졌어요.

“아하, 그거 해 주시려는 거구나. 저번에 한 번 먹었는데 정말 맛있었어요.”

강하리 선생님은 단번에 무슨 요리인지 아는 눈치였어요.

“무슨 음식인데요?”

“호호, 드셔 보시면 알아요. 여기선 정말 귀한 손님한테만 해 주시는 특별 음식이에요.”

강하리 선생님이 신난 듯 발걸음을 재촉했어요.

"최 선생, 동네 분들이 주는 음식은 맛있게 먹는 것이 예의라오."

"맞아요, 최 선생님. 어려운 시절을 이겨 낸 귀한 음식이었을 테니 말이에요."

나무득 교장 선생님과 수달 선생님도 그렇게 말하니 어떤 음식인지 점점 더 궁금해졌어요.

예전 강원도 깊은 산골 민통선 마을엔 먹거리가 풍부하지 않았어요. 옥수수, 감자 같은 걸로 끼니를 대신하는 아이들도 있었지요. 그나마 오이나 파프리카 같은 작물을 심으면서 형편이 좀 나아지긴 했지만요. 어려운 시절에 먹었던 음식이라니? 최우수 선생님은 궁금해서 참을 수가 없었어요.

만득이네 집에 도착하자마자 만득이 아버지가 뛰어나와 반겼어요.

"우리 만득이가 드디어 한글을 깨쳤어요. 다 최 선생님 덕분입니다. 감사합니다, 감사합니다!"

넙죽 큰절이라도 올리려는 기세인 만득이 아버지를

말리느라 이마에 땀이 날 지경이었어요. 방에는 이미
큰 상에 음식이 한가득 차려져 있었어요.

"선생님을 위해 제가 특별식을 준비했습니다."

상 가운데에 있는 뚜껑이 덮인 커다란 은제 냄비를 가리키며 만득이 아버지가 싱글벙글 웃었어요. 무엇인지 구수한 냄새도 풍겼어요. 마침 최우수 선생님 배 속에서 꼬르륵 소리가 났어요.

"남기지 말고 다 드세요."

만득이 아버지가 은제 냄비의 뚜껑을 천천히 열었어요. 뜨거운지 하얀 김이 보시시 솟아올랐어요. 마침내 김이 사라지고 냄비에 담긴 음식이 모습을 드러냈어요.

"헉!"

최우수 선생님은 숨을 쉴 수 없었어요. 커다란 냄비 속엔 개구리들이 통째로 꼬치에 꿰어져 줄줄이 누워 있었거든요. 뽀얀 국물이 찰랑거리는 사이로 개구리 발가락까지 모양이 선명했어요.

"개구리탕이에요. 이맘때 개구리는 겨울 날 준비를 하느라고 통통하게 살이 올라서 정말 맛있어요. 이 개구리들을 잡으려고 제가 산으로, 강으로, 냇가까지 온 동네를 다 뒤졌답니다. 어서 식기 전에 드세요."

만득이 아버지 얼굴이 뿌듯함과 자랑스러움으로 빛났어요.

"우아, 잘 먹겠습니다! 너무 맛있을 것 같아요."

강하리 선생님이 환호성을 질렀어요.

나무득 교장 선생님이 먼저 한 마리를 빼서 입 안으로 덥석 넣자, 강하리 선생님도 한 마리를 쏙 빼서 먹기 시작했어요.

"탕이 맛있게 되었는지 모르겠어요. 최 선생님도 어서 드세요."

마침 음식을 가지고 들어온 만득이 엄마가 최우수 선생님을 바라봤어요.

최우수 선생님은 덜덜덜 떨며 개구리를 향해 천천히 손을 뻗었답니다.

강하리 선생님의 비밀

아침부터 눈이 쏟아졌어요. 수도며, 변기까지 꽁꽁 얼어붙은 한겨울의 마현초등학교에서 최우수 선생님은 남모를 고민으로 끙끙대고 있었어요.

"우리 강하리 선생님은 누구랑 결혼할지는 모르지만, 신랑은 천복을 받은 사람일 거예요."

동네 사람들은 싹싹하고 인사성 밝은 강하리 선생님을 모두 좋아했어요.

하지만 최우수 선생님은 아무리 생각해도 강하리 선

생님이 의심스러웠어요. 최우수 선생님은 며칠간 끙끙
고민 끝에 나무득 교장 선생님을 찾아갔어요.

"저, 교장 선생님. 드릴 말씀이 있습니다."

조심스럽게 말을 꺼냈어요.

"무슨 일인데 그러시오, 최 선생?"

굳게 마음 먹고 왔는데도 나무득 교장 선생님의 얼
굴을 보자 선뜻 입이 떨어지지 않았어요. 교장 선생님
도 강하리 선생님을 유독 믿는 듯 보였거든요.

"유치원 강하리 선생님 말인데요……."

"무슨 문제가 있소?"

"아무래도 강하리 선생님이 좀 수상합니다."

최우수 선생님은 주위를 살피고 교장 선생님에게 바
짝 다가가 아주 작은 목소리로 속삭였어요.

"어쩌면 강하리 선생님이 간첩인지도 모르겠어요.
고정간첩 같은 거 말이에요."

"허허허! 재밌는 이야기군요. 강하리 선생이 간첩이
라……."

나무득 교장 선생님은 놀라지도 않고 오히려 너털웃음을 터뜨렸어요. 조금 당황스러웠지만, 최우수 선생님은 그동안에 보고 겪은 일을 차근차근 설명했어요.

"그러니까 최 선생, 강하리 선생이 혼자 산에 자주 다니고, 힘이 장사고, 빠르고, 날렵하고, 개구리를 잘 먹어서 간첩이다, 이 말이오?"

"네. 밤에 학교 담장을 넘어서 달아난 건 틀림없이 강하리 선생님이 맞습니다. 학교에서 뭔가 정보를 빼내던 중인지도 모르겠어요."

나무득 교장 선생님이 갑자기 큰 소리로 웃었어요.

"허허허, 알겠소. 내가 강하리 선생을 불러다 호통이라도 쳐서 자백을 받을까요?"

"아, 아닙니다, 아니에요. 그냥 못 들은 걸로 해 주십시오."

교장 선생님이 웃음을 터뜨리자 최우수 선생님은 멋쩍은 마음에 그냥 교장실을 나왔어요. 괜한 이야기를 했나 싶어 후회도 되었어요.

다음 날 아침이었어요.

수도가 얼어 세수도 못 하고 학교로 출근한 최우수 선생님은 깜짝 놀랐어요. 강하리 선생님이 교문으로 뛰어 들어오고 있었거든요. 이 추위에 추리닝 차림으로 땀까지 흘리면서요. 최우수 선생님은 못 본 체하고 얼른 교무실로 향했어요.

퍽!

등에서 불꽃이 튀었어요. 눈 깜짝할 사이에 가까이 온 강하리 선생님이 또다시 최우수 선생님의 등짝을 후려친 거예요.

"최 선생님, 일찍 출근하시네요."

"제발, 제발 등 좀 그만……."

"어머, 이게 간첩들 인사법이라는 거 모르셨어요?"

"네에?"

최우수 선생님은 간이 오그라드는 것처럼 놀랐어요. 그새 나무득 교장 선생님이 강하리 선생님에게 고자질이라도 한 것일까요?

충성!

"충성!"

갑자기 강하리 선생님이 이마에 손을 붙이며 거수경례를 했어요.

"네? 충, 충성이라뇨?"

"선생 강하리, 여군에 합격하여 입대하게 되었음을 신고합니다!"

최우수 선생님의 입이 떡 벌어졌어요.

"여군에 지원했는데 얼마 전 합격 통지서를 받았어요. 며칠 후 아이들 졸업식을 마치면 학교에 사직서를 제출할 거예요."

갑작스러운 강하리 선생님 말에 최우수 선생님은 할 말을 잃었어요.

"호호호, 삼촌에게 들었어요. 나무득 교장 선생님이 제 외삼촌이세요. 절 간첩으로 오해하셨다면서요?"

"교장 선생님이 외, 외삼촌이라고요?"

"여군은 어렸을 때부터 꿈이었어요. 부모님 성화로 유치원 선생님이 되긴 했지만 꿈을 버릴 수 없었어요. 그래서 일부러 외삼촌이 계신 학교로 지원을 했지요. 날마다 산을 타며 체력 단련을 했답니다, 아시다시피."

강하리 선생님이 의미심장한 미소를 지었어요.

"요 전날 밤에 담장을 넘은 것도 제가 맞아요. 고민이 있어서 선생님이랑 이야기라도 나눌까 찾아갔다가 갑자기 소리를 지르며 뛰어나오셔서 깜짝 놀라 담장을 넘어 도망갔지 뭐예요. 호호호!"

"아, 그랬군요? 무슨 고민이 있으셨길래?"

"지금은 해결되었어요. 여군 합격 통지서가 모든 고민을 말끔히 해결해 주었거든요. 외삼촌한테는 제가 담장 넘은 건 비밀로 해 주세요. 야심한 시각에 혼자 찾아갔다는 거 알면 혼나거든요."

"네, 네."

"그리고 참, 요새 어떤 간첩이 산에서 무전을 치고 그래요? 요즘 간첩들은 최첨단 장비들을 사용한대요. 최 선생님, 진짜 너무 순진하세요."

최우수 선생님은 그만 얼굴이 빨개지고 말았어요.

"제가 너무 큰 실례를 했네요. 죄송합니다!"

"최우수 선생님, 아이들을 위해 최선을 다하시는 모습에 감동했어요. 제가 존경하고 있는 거 아시죠?"

최우수 선생님은 귀까지 빨개졌어요.

"아이코, 존경이라뇨?"

"나라는 제가 잘 지킬게요. 절 믿고 단잠을 이루세요. 필승!"

말을 마친 강하리 선생님이 손을 올려 경례를 했어요. 최우수 선생님도 엉겁결에 거수경례를 했어요.

"최고로 우수한 선생님이 되실 거라 굳게 믿어요!"

인사를 마치고 다시 산고양이처럼 사뿐사뿐 날아서 사라지는 강하리 선생님의 뒷모습을 최우수 선생님은 오래오래 바라봤답니다.

최고로 우수한 선생님

오늘은 마현초등학교 졸업식 날이에요. 영하 20도의
날씨에 또다시 관사 안 수도가 땡땡 얼어붙었어요.

"큰일이군! 하필 졸업식 날 씻을 물도 없네."

까치집이 되어 버린 머리는 아무리 손가락 빗질을
해도 소용이 없었어요. 하는 수 없이 최우수 선생님은
학교로 달려갔어요. 간신히 얼지 않은 수도를 찾아냈
지만 온수가 나올 리 없었지요.

"흐읍!"

최우수 선생님은 심호흡을 하고 머리에 찬물을 끼얹었어요. 깨질 듯한 고통이 밀려왔다가 곧 머리통까지 얼어서 감각이 사라졌어요. 얼른 샴푸를 뿌려 겨우겨우 거품을 낸 뒤 다시 찬물로 헹구었어요. 감각이 사라진 머리통은 어질어질 멍한 느낌마저 들었어요.

"아이코, 이러다 나중에 대머리가 되는 건 아닌지 모르겠네."

다시 관사로 돌아오는 동안, 물에 젖은 머리카락엔 고드름이 주렁주렁 매달렸어요.

얼어붙은 머리를 따뜻한 드라이어 바람으로 말린 후 최우수 선생님은 딱 한 벌뿐인 양복을 꺼내 손질했어요. 선생님이 될 준비를 하며 새로 양복을 맞추었던 때가 떠올랐어요. 발령이 나지 않아 불안해 하던 때가 얼마 전 같은데, 어느덧 첫 제자들의 졸업식이라니 좀 기분이 이상했어요.

"자, 최우수 선생님, 가 볼까요?"

거울 속 말쑥한 자신에게 스스로 인사를 건네며 최

우수 선생님은 빙그레 웃었어요.

"빛나는 졸업장을 타신 언니께
꽃다발을 한 아름 선사합니다."

조그만 입을 한껏 벌려 노래 부르는 아이들 모습에
최우수 선생님의 마음은 뭉클해졌어요.

'첫 제자들이 이제 내 곁을 떠나는구나!'

서운하기도 하고, 대견하기도 한 마음이 오갔어요.

나무득 교장 선생님이 다가와 최우수 선생님 어깨를
토닥였어요.

"최 선생님, 정말 수고했어요! 선생님의 진심이 아이
들에게 닿았을 겁니다."

무뚝뚝하기만 한 줄 알았던 나무득 교장 선생님의
따뜻한 격려에 최우수 선생님은 울컥, 눈물까지 나려
고 했어요.

"최우수 선생님, 초임인데도 너무 잘 이끌어 갔어요.

제가 많이 배웠어요. 수고했어요!"

고무신 선생님도 따뜻한 미소를 지으면서 격려해 주었지요.

"새 학기에도 잘 부탁드립니다. 최 선생님 덕분에 제가 아주 든든해요."

수달 선생님은 뜨거운 악수를 청해 왔고요.

"저 휴가 나올 때까지 아이들 잘 지키고 계세요!"

사직서를 제출한 강하리 선생님은 씩씩하게 말했지만, 눈가가 촉촉하게 젖어 있었어요.

"물, 물론입니다. 학교는 잘 지키고 있겠습니다."

"약속하셨어요. 첫 휴가 나오면 꼭 보러 올 거예요."

눈물을 닦아 내며 생긋 웃는 강하리 선생님이 오늘 왠지 다르게 보여서 최우수 선생님은 괜히 마른기침만 큼큼 해 댔어요.

졸업식이 끝나고 아이들과 함께 교실로 돌아온 최우수 선생님이 교탁 앞에 섰어요. 영원히 잊지 못할 여섯 아이들 얼굴을 찬찬히 바라보며 가슴속에 새겼어요.

"병현이는 중학교에 가선 꼭 구구단을 외워야 한다."

고개를 크게 끄덕이는 병현이지만, 딱히 믿음이 가지는 않았어요.

"연이는 외롭거나 힘든 일이 있으면 언제든 선생님을 찾아오고. 만득이는 책을 계속 소리 내 읽는 연습을 하도록 해."

희영이를 두고 졸업해야 하는 상길이는 표정이 어두웠어요.

"상길아, 희영이는 선생님이 잘 지키마. 너무 걱정하지 마라."

그제야 상길이의 입꼬리가 조금 올라갔어요. 희영이는 새초롬하게 상길이를 바라봤고요.

"솔이는 6학년 가서도 카드 마술 열심히 하렴. 언젠가 멋진 카드 마술사가 되거든 선생님을 공연에 초대해 줘야 한다."

"그럼요! 꼭 오셔야 해요!"

솔이가 의젓한 목소리로 대답했어요. 그러고는 갑자기 자리에서 벌떡 일어나 꾸벅 절을 했어요.

"선생님, 약속을 지켜 주셔서 감사합니다!"

"무슨 말이냐?"

"저희한테 인정받기 전엔 절대 먼저 떠나지 않겠다는 약속 말이에요."

그제야 최우수 선생님은 첫 수업 시간에 아이들에게 했던 약속이 떠올랐어요.

"나 역시 고맙다. 부족한 선생님을 잘 따라와 줘서."

최우수 선생님의 목소리가 떨렸어요.

"선생니임!"

결국 연이가 울음을 터뜨렸어요. 여기저기서 훌쩍이는 소리가 이어졌어요.

"자, 우리 오늘 와수베가스에 가자. 졸업 선물로 선생님이 피자 쏠게."

최우수 선생님이 소리쳤어요. 와수베가스는 와수리 읍내인데, 와수리와 라스베가스를 합쳐서 아이들끼리 부르는 말이에요.

"정말요? 와아!"

아이들 얼굴에 웃음꽃이 활짝 피었어요.

"최우수 선생님, 최고!"

마치 약속이나 한 듯 엄지손가락을 치켜세우며 외쳤어요. 최우수 선생님 얼굴에도 벙긋벙긋 웃음꽃이 피었지요.

'선생님이 되기로 한 건 내가 지금까지 한 선택 중 가장 최고의 선택이었어!'

최우수 선생님이 가슴을 쫙 폈어요. 두근두근 심장
이 뛰었어요.

민통선 마현 마을에 다시 눈이 내리기 시작했어요.
최우수 선생님과 민들레반 아이들이 눈길에 발자국을
찍으며 나란히 나란히 교문을 나섰답니다.

다시 전쟁이……

"이런, 어쩌면 좋을까? 아무 잘못도 없는 아이들까지, 쯧쯧쯧!"

최우수 선생님이 뉴스를 검색하며 혀를 찼어요.

"왜요, 선생님? 무슨 일 있어요?"

아이들이 우르르 최우수 선생님 주변으로 몰려들었어요.

"우크라이나에서 전쟁이 일어났다는구나.

우크라이나 전쟁
어린이 150명 사망

가슴 아픈 역사가 또 되풀이되나 보다.”

　“저도 아빠가 얘기해 줘서 알아요. 어른들은 이상해요. 서로 죽고 죽이는 전쟁을 왜 하는지 모르겠어요.”

　“우리더러 잔인한 게임 하지 말라면서 어른들은 사람을 진짜 죽이는 잔인한 일을 벌이잖아요.”

　아이들이 너도나도 목소리를 높였어요.

　“그러게나 말이다. 너무 부끄러운 일이야.”

"우리나라도 예전에 6·25 전쟁이 일어났잖아요. 우리 증조할아버지도 그때 돌아가셨대요."

최우수 선생님은 깊은 한숨을 쉬었어요. 이번 전쟁으로 또 얼마나 많은 목숨이 희생당할까 싶어 아이들의 눈을 똑바로 쳐다볼 수 없었죠.

그때 수업 시작종이 울렸어요.

최우수 선생님은 휴대폰을 끄고 교탁 앞에 섰어요. 스무 명 남짓한 아이들이 눈을 동글동글 뜨고 선생님을 바라봤어요.

최우수 선생님이 민통선 마현 마을을 떠나 도시에 온 지 벌써 십 년도 넘게 흘렀어요. 학생 수가 줄어든 마현초등학교가 문을 닫으면서 도시 학교로 옮길 수밖에 없었지요. 눈앞으로 추억이 가득한 마현 마을과 마현초등학교 그리고 아이들 얼굴이 영화처럼 스쳐 지나갔어요.

"선생님이 아주 긴 이야기를 들려줄까 해. 선생님이 예전에 근무했던 특별한 학교 이야기야. 이 이야기를 들으면 6·25 전쟁이 우리한테 얼마나 큰 상처를 남겼는지 알게 될 거야. 그 상처 속에서도 아이들은 얼마나 밝게 자라는지도."

최우수 선생님은 아이들의 얼굴을 바라보다가 지그시 눈을 감고 이야기를 시작했어요.

"오래전, 최고로 우수한 선생님이 되고 싶은 예비 선생님이 있었단다."

최우수 선생님의 목소리가 가만가만 아이들의 귓가에 날아들었어요. 아이들은 눈을 빛내며 선생님 얼굴을 바라보았어요.

"도깨비가 요술을 부리는 듯 비가 부슬부슬 내렸다 말았다 하는 날이었어. 따르릉따르릉, 전화가 한 통 울렸단다."

교실 안으로 구름도 쫑긋, 귀를 모으는 오후였어요. 최우수 선생님의 특별한 학교 이야기가 이어졌답니다.

특별한 마을의 특별한 이야기

우크라이나 비라의 부모님은 전쟁을 피해 길을 떠나며 비라의 등에 '비라 마코비'라는 이름과 연락처를 적었어요. 혹시 피난길에서 헤어지거나 부모님이 먼저 세상을 떠나게 될 경우, 홀로 남게 될 비라를 위한 대비였어요. 소풍이나 여행이 아니라 피난길에 오르는 비라는 얼마나 무서웠을까요?

우크라이나와 러시아 간에 벌어진 전쟁으로 수많은 사람들이 다치고 죽었어요. 마을에 폭격이 쏟아져 학교를 잃어버린 아이들은 지하철 계단에서 수업을 받는다고 해요. 폭격을 피해 수개월 동안 지하실에서

숨어 지내는 어린이들도 많다고 하고요.

사람이 사람을 죽이는 일은 어떤 이유에서건 일어나선 안 되어요. 하지만 불행하게도 죽음이 일상화되는 '전쟁'은 러시아와 우크라이나뿐 아니라 이스라엘과 레바논 등 지금 이 순간에도 지구 곳곳에서 진행되고 있어요. 여기저기서 벌어지는 내전과 폭동 역시 아무 죄 없는 어린이들을 두려움에 떨게 하고요.

우리나라도 '6·25 전쟁'이라는 아픈 역사를 가지고 있어요. 1950년 6월 25일, 남한과 북한 간에 전쟁이 일어난 후 1953년 종전이 아닌 휴전 상태로 70여 년.

우리에게 전쟁은 과거가 아닌 현재 진행형으로 비무장 지대(DMZ)에 머물러 있지요.

최우수 선생님은 철원군 민간인 출입 통제선(민통선) 내에 있는 마현 마을, 마현초등학교에 발령을 받은 초임 선생님이에요. 아무나 가지 못하는 특별한 마을의 특별한 아이들과 풋풋한 새내기 선생님이 만

나 따뜻한 이야기를 만들어 가지요. 전쟁으로 만들어진 마을에서 아픔을 딛고 밝고 건강하게 자라나는 어린이들을 통해 전쟁에 대해 생각하고, 평화로운 통일을 함께 기원하는 기회가 됐으면 좋겠어요.

어린이들이 햇빛의 찬란함과 바람의 노래와 꽃의 이야기만 나누어도 좋을 하루를 살게 되길, 매 순간 행복하길, 눈부시게 건강하길 진심으로 기원합니다.

초임 시절의 기억을 되살려 이야기를 들려주신 최고봉 선생님과 어린이를 위해 애쓰시는 전국 각지의 모든 선생님들께 감사를 전합니다.

동화 작가, **윤미경**